我的真实动物朋友

怕游泳的企鹅

［意］萨拜娜·科洛雷多　文
［意］安纳博纳·代尔·内沃　图
杨雪　译

SPM
南方出版传媒
新世纪出版社

凤凰阿歇特
hachettephoenix

·广州·

图书在版编目（CIP）数据

怕游泳的企鹅 /（意）科洛雷多文；（意）内沃图； 杨雪译. —广州：新世纪出版社，2017.3（2019.1重印）
（我的真实动物朋友）
ISBN 978-7-5405-8989-9

Ⅰ. ①怕… Ⅱ. ①科… ②内… ③杨… Ⅲ. ①儿童文学—图画故事—意大利—现代 Ⅳ. ①I546.85

中国版本图书馆CIP数据核字（2015）第194595号

Un pinguino freddoloso
© 2010 Edizioni EL - via J. Ressel, 5 – San Dorligo della Valle (TS) – Italia
Simplified Chinese Translation Copyright © 2017 Hachette-Phoenix Cultural Development (Beijing) Co. Ltd.
Published in cooperation between Hachette-Phoenix Cultural Development (Beijing) Co. Ltd. and Guangdong New Century Publishing House Co., Ltd.
Text by Sabina Colloredo
Original cover and illustrations by Annapaola Del Nevo
All rights reserved.

版权合同登记号：19-2015-193号

Pa Youyong De Qi'e
怕游泳的企鹅

出版发行：新世纪出版社
（地址：广州市大沙头四马路10号）
经　　销：全国新华书店
印　　刷：北京博海升彩色印刷有限公司
（地址：北京市通州区中关村科技园通州园金桥科技产业基地环宇路6号）
规　　格：16　889mm×1420mm
印　　张：3.5
字　　数：25千字
版　　次：2019年1月第1版第2次印刷
定　　价：17.00元

质量监督电话：020-83797655　购书咨询电话：020-83792970

目录

这个真实的故事发生在英国斯塔福德郡，黑溪动物园。

1

不敢下水的企鹅

"快看，爸爸！"一个小男孩儿一边喊，一边敲着企鹅馆的玻璃窗，"在这儿呢，那个**胆小鬼**！"

企鹅阿肯本来正在晒太阳，看到男孩儿指着自己，它吓得直哆嗦。

　　"这只企鹅怕水！这只企鹅怕水！"男孩儿
继续喊道，刺耳的叫声引起了其他游客的注意。
现在，大家都在盯着阿肯看，阿肯赶紧躲到灌木
丛后面。但是，那个男孩儿并没打算放过它。

　　"企鹅吓得躲起来了！"男孩儿的喊声更
大了。"快把它照下来，爸爸！哈哈哈！"坏
小子笑得前仰后合，"我跳下去，教你**游泳**，
你说怎么样？"

　　闪光灯啪地闪了一下。

　　阿肯感到无数双眼睛在看着自己，它吓坏了。

它的姐姐，还有朋友们都在水里优美地游着，时而跳上岸，时而做些惊险动作，试图吸引游客们的注意。

　　"再往后退一步，我就得救了。"阿肯心里暗想。

　　当后背碰到墙壁的那一刻，阿肯转过身，背对着阳光和尖叫的人群。它弓着背，躲到阴影下，似乎想用身体来支撑心灵的重担。接着，它又走了几步，回到自己的洞里，找到一个黑暗的角落，待在那里发呆。过了一会儿，它的心跳才恢复了正常，不像刚才那么**惊慌**了。

只有远离人群，独自待在洞里，阿肯才感觉轻松一些。这里没有游客的骚扰，还有好闻的苔藓味。阿肯的呼吸渐渐平稳，不知不觉睡着了。梦是那么**美好**，阿肯都不愿意醒来了。

　　阿肯梦到自己在大海中游泳。冰冷的海水深不见底，只有拼命地游，产生热量，身体才会感觉舒服些。阳光透过薄薄的冰层，照在阿肯的头上，反射出雪白的光芒……

　　阿肯打着哈欠，爪子在空中不停地划着，享受着梦中的自由与冒险之旅。梦中的景象激动人心，阿肯愉悦地哼哼着。

2

❧

姐姐的嘲讽

　　爱丽丝是阿肯唯一的姐姐，它长得又高又壮，嘴巴非常锋利。而且，它从不和其他企鹅分享食物。因此，在这个动物园里，爱丽丝成了名副其实的**"企鹅王"**。

"世界上居然还有怕水的企鹅！"这一天，
爱丽丝又开始讽刺阿肯。阿肯从洞里爬了起来，
想表现得和别的企鹅一样。

　　"我不是怕水，"阿肯一边说，一边用后背
来回蹭着洞壁，"我只是怕冷水。"

　　"那你就要战胜这种**恐惧**。"

　　"其实，也不是怕冷水，就是受不了被冷水
弄湿的感觉。"

　　"无论如何，你都要克服！难道你不是一只
公企鹅？"

"什么？"阿肯愣了一下说。

爱丽丝拍了拍翅膀，眼神变得更加**冷漠**。

"别闹了，听我的，快点儿出来！"

"你凭什么管我？你又不是妈妈。"

"妈妈已经去世了，我可是你唯一的姐姐。"

"不要说了！"阿肯的声音哑了。

"怎么了？"

"不许你提妈妈的事。"

"生活本来就这样，难道我不提，你就能当什么都没发生吗？"

"可是……如果你不说……我就觉得那不是真的……"

"真够麻烦的！不管愿不愿意，你都得按我

　　说的去做。看来妈妈把你宠坏了，所以你才会变得这么懦弱，我的天啊！"爱丽丝说完，不耐烦地眨了眨眼睛。

　　姐姐用嘴巴啄它，阿肯只好慢慢地往外走。

　　"我就是不喜欢游泳，为什么不能让我在岸上安静地待着呢？"阿肯抱怨道。一走出洞口，强烈的阳光差点儿把它的眼睛晃瞎了。

　　"为什么要这样！"阿肯叹了口气，一动不动地待在石头上。阿肯很喜欢**晒太阳**，那种暖暖的感觉让它想起了妈妈。

"你都成了动物园的笑柄了，你知道吗？"爱丽丝继续挖苦道，"我是这里的游泳冠军，人们都不给我拍照。你不会游泳反倒成了众人的焦点，人们都在拼命地给你拍照！真荒唐！"

"原来你是因为这个生气！"阿肯反驳道，"如果我不出名，你是不是早就抛弃我了？"

爱丽丝没有回答，它站到石头上，想好好欣赏一下水池，它总是**骄傲**地把水池称为"海洋"。"这就是你和我的不同，傻瓜！如果你继续这样懦弱下去，到最后连女朋友都找不到！哪只企鹅会喜欢一个怕水的男朋友啊！"听了姐姐的话，阿肯不耐烦地用嘴巴啄着肚子。

经过一番激烈的思想斗争，阿肯终于站到了石头上，石头的表面又湿又滑，它差点儿失去了**平衡**。它赶紧调整姿势，但还是很糟糕。阿肯听到了其他企鹅的嘲笑声，它们就像欣赏表演一样看着它出丑。接着，阿肯跳进了水池，水没过了它的头，它感觉周围安静极了，和梦中的情景一样。它用脚拼命地拍打着，冰冷的感觉就像钳子一样，死死地夹住了它。

　　"快游啊！笨蛋！"爱丽丝大喊，很快游到了阿肯的身边。

阿肯在冰
冷的水中几乎失
去了知觉，绝望中，
它朝着最近的岸边奋力游
去。阿肯几乎无法呼吸，冰冷的感觉穿透了它
的羽毛，双眼也开始变得模糊。但是它没有**放
弃**，紧跟在爱丽丝后面。和强壮的姐姐相比，阿
肯感觉自己就像一个婴儿。

　　毫无疑问，姐姐先游上了岸。

　　"你可真丢人！" 爱丽丝生气地说，"我该
拿你怎么办？"

　　爱丽丝把阿肯独自留在岸边，生气地返回
企鹅群中。

寒冷的感觉逐渐退去，阿肯坐在岸上，慢慢地喘着气。鹅卵石被太阳晒得**暖洋洋**的，它也渐渐恢复了能量。这时，送鱼的车子到了，工作人员正在大声地叫企鹅们吃饭。阿肯看到姐姐拼命地挤上前去，它总是能抢到最大的鱼。

　　阿肯也饿坏了，可等送鱼车到它这边的时候，只剩下了鱼骨头。尽管如此，它还是狼吞虎咽地吃着。阿肯不想被饿死，也不想再回到冰冷的水中，它一定要活下去。

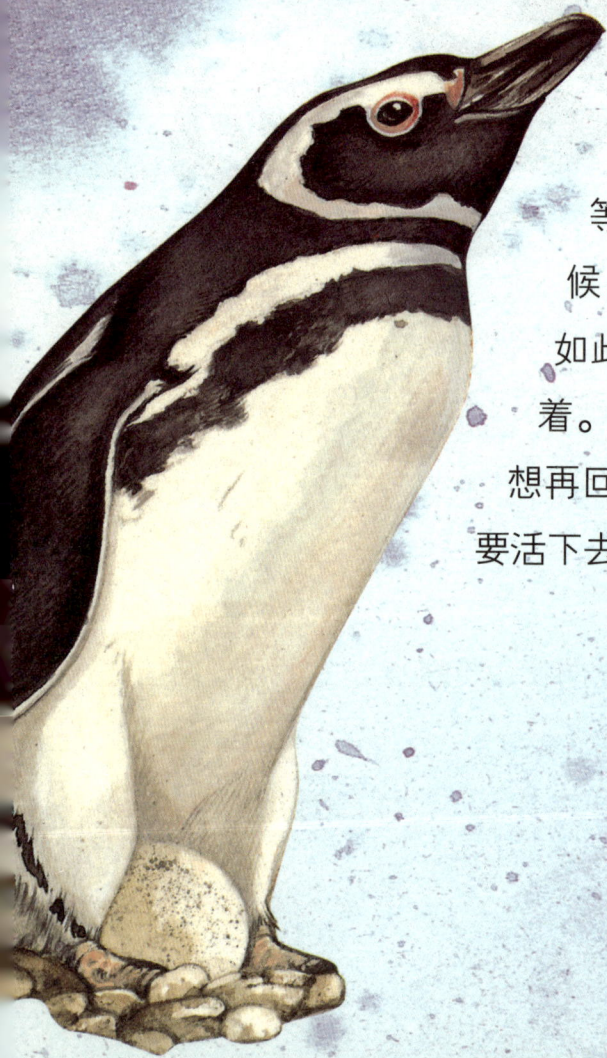

接下来的时间阿肯一直坐在岸边，看着**太阳**落山，又等到第一颗星星出现。虽然又饿又冷，但它并不想回去。听到姐姐叫它睡觉，它赶紧躲到树丛后面藏了起来。

在这个夜晚，阿肯觉得星星只属于自己。

3

爱吹牛的企鹅

春天来了，太阳暖洋洋的，白天的时间变长了，阿肯的心情也好多了，但是它也越来越瘦了。爱丽丝还是像以前一样，喜欢挖苦弟弟。不过，最近它总喜欢和一只高大的企鹅在一起，那只企鹅叫瑞尔，刚从南极来。

它们经常一起坐在岸上，把脚伸进水池里，然后瑞尔就开始大声地吹牛。瑞尔说，它以前生活的地方被一片巨大的**海洋**包围着，一辈子都游不到尽头。而且，所有的海洋和高山都被冰雪覆盖，到了夏天也不会融化。每当听到这样的故事，爱丽丝都会惊讶地张大嘴巴，于是瑞尔就说得更起劲了。它告诉爱丽丝：它生活的南极有专吃企鹅的怪物，在一次与怪物的对抗中，它是唯一的幸存者。

阿肯根本就不相信瑞尔，觉得它是在撒谎，世界上根本就没有这样的地方。但是爱丽丝和其他企鹅都对此**坚信不疑**，瑞尔成了它们心目中最了不起的企鹅。

一天，阿肯正在晒太阳，突然看见企鹅馆里进来了三个人，并且径直向它走来。阿肯可不想惹什么麻烦，它赶紧把身体蜷起来，希望不要被发现。但这么做有什么用呢，人类想要干的事情，企鹅怎么阻止得了，真是够郁闷的。

　　其中一个男人走了过来，阿肯记得曾经见过他。那人没得到阿肯的同意，就抬起阿肯的头，检查了它的眼睛，又拍了拍它的肚子。

　　阿肯扭动着身体表示**抗议**，但还没等它反应过来，那人就把一条鱼塞进了它的嘴里，接着又合上它的嘴巴。他把阿肯平放在地上，对它进行了一次全身检查。此时，新的企鹅领袖瑞尔却钻进了池底，不敢出来。只有爱丽丝一直站在不远处观察。

　　彻底检查完之后，那人又温柔地对阿肯说了一堆它听不懂的话。阿肯被放了回去，但是脚上多了一个硬硬的、凉凉的东西——是一个金属环。阿肯想把它取下来，爱丽丝也想了各种办法帮它，但是都没有成功。

金属环还是**稳稳地**套在阿肯的脚上。

"人类在跟你开一个可怕的玩笑，"瑞尔摆出一副什么都懂的样子说，"不用想，他们肯定是要把你弄死。"

听了这句话，爱丽丝的脸色变得很难看，阿肯还是第一次看到它这样。爱丽丝走到弟弟面前，张开翅膀抱住它。

"不会的！"爱丽丝喊了起来，"这里和你曾经生活的地方不一样！亲爱的瑞尔，人类不会杀企鹅，他们对我们很好。"

"那就等着瞧吧。"瑞尔打断爱丽丝说。

"他们喂我们吃的，还照顾我们。作为回报，我们在水里做表演给他们看，他们有什么理由要伤害我弟弟呢？"

阿肯没有说话，它一直在**发料**，牙齿打战，不知道是因为冷还是因为害怕。

"但是它也和我们一样会表演吗？没有吧！"瑞尔反问道，"谁会养一只不会游泳的企鹅？"

爱丽丝看了一眼**骄傲**的瑞尔，什么都没有说。

"明白了？爱丽丝，你不懂的事情太多了，不管是生活还是人类，所以你们也就只能困在这里了！而我嘛……还是怀念那些过去的日子……"

接着，瑞尔又讲了一遍它的冒险故事，那故事已经讲过无数遍了。

阿肯没有再听下去，它看了看金属环，想弄明白这到底是用来干什么的。它得自己想办法，瑞尔的话一点儿用也没有。

4

女孩子

　　这天，阿肯注意到有一个小女孩儿正在看它，她没有敲玻璃，也没有喊它**"胆小鬼"**。

　　一整个下午，女孩儿都待在这里。阿肯看见给自己套金属环的那个男人朝女孩儿走去，亲了

一下她的额头，然后离开了，接着去看其他的动物。那个男人叫亚当，是女孩儿的爸爸。

女孩儿斜靠在树干上，看着阿肯，棕色的眼睛清澈透明，没有一丝恶意。她的嘴唇不时地动一下，好像在自言自语。

女孩儿一直在观察水池，阿肯对她感到很好奇，因为夏天的企鹅馆枯燥无味，实在没有什么好看的。

夏天，企鹅们都待在**冰凉**的水里，一待就是几个小时，偶尔才会把头伸出来透透气。再说，动物园游客不多，表演给谁看呢？

现在是暑假，人们都去度假了，没有什么人

来动物园。更糟糕的是，因为度假时不方便照顾宠物，人们有时还会遗弃家里养的宠物。所以，每到这个时候，动物园都会新增加一些笼子，用来收养那些被遗弃的猫、狗、兔子，还有仓鼠等动物。

这些动物换了一个新环境，看上去都很难过。动物管理员常常停下手头的工作，给它们喂食物，想让它们**高兴**起来，但有时并不管用。

阿肯很理解这些动物的心情。妈妈去世的时候，它就是这样的感觉：肚子很饿，却一点儿东西也吃不下。

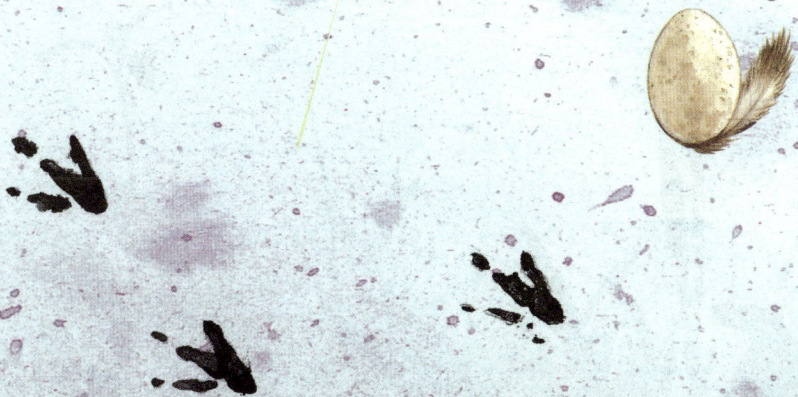

5

跳水

　　渐渐地阿肯喜欢上了这个漂亮又有点儿神秘的女孩儿。有一天，为了吸引她的注意，加上夏日的午后很无聊，阿肯果断地跳进了水池！

　　女孩儿目不转睛地看着水里的阿肯，当阿肯爬上岸后，她显得非常紧张。阿肯不停地**发抖**，很快，它找到了一处有阳光的地方趴着。它朝女孩儿微笑了一下，觉得女孩儿能明白自己的意思，好像这是它和她之间的秘密一样。

姐姐爱丽丝正在孵蛋，阿肯走了过去，姐弟俩安静地依偎在一起，互相**取暖**。

现在姐姐已经当了妈妈，不再经常批评阿肯了。而宝宝们的爸爸——瑞尔，却变得越来越骄傲，总是命令阿肯做些困难的事情，还经常取笑它。瑞尔很喜欢当这群企鹅的"领袖"，认为自己是水中之王，但是很多游客已经开始不喜欢它了。人们把更多的注意力放在了阿肯身上。一只怕游泳的企鹅是不容易见到的，所以阿肯永远别想逃离大家的视线。

6

好朋友

炎热的夏天即将过去，一场暴雨过后，动物园的地上落满了树叶。

女孩儿再没有出现。阿肯沿着洞口的灌木一直*溜达*到晚上，它不断地向外面张望，但是女孩儿还是没有来。

天空中出现了第一颗星星，
阿肯闷闷不乐地靠在石头上，不
肯吃东西。没有女孩儿的陪伴，
它感觉更冷了。

虽然离爱丽丝很远，它还是能听到蛋壳里发
出的**窸窣**声，这让它有些心烦意乱。这时，它
觉得又孤独又绝望。

第二天一早，阿肯看到女孩儿站在树下，顿
时感觉幸福极了。它很想靠近她，告诉她自己非
常想她。但那是不可能的。

女孩儿看着阿肯，和之前一样，她没有像其
他孩子那样敲玻璃，做鬼脸或者尖叫，只是简单
地说了一句："我也想你了。"阿肯点了点头，
那正是它想听到的。

"我叫丽丽·金，你可以叫我金。"女孩儿说。阿肯张开嘴低鸣了一声作为回应。"我爸爸是一位科学家，主要研究动物，他还写过很多关于动物的书。他是一个很好的爸爸。"女孩儿继续说道。

阿肯一边听，一边用力拍打着翅膀。"那个金属环不是坏事，大人们是想弄明白你为什么不敢下水。我想我大概知道原因，你不喜欢**湿漉漉**的感觉，对吗？"

看到女孩儿和阿肯那么近距离地说话，瑞尔忌妒得要命。为了吸引女孩儿的注意，它从岩石的最高处冒险起跳，还做了一个练了很久的动作。女孩儿没有理瑞尔，继续对阿肯说："我并不觉得你很可怜，因为你是特别的、独一无二的。"

听到女孩儿的话，阿肯的**心跳**开始加快。

"你又小，又漂亮。"她一边隔着玻璃抚摸它，一边说。这时，她听到爸爸在叫她。

"就这样吧，好好地待着。明天见。"

7

好办法

　　"天气真不错，"金一边照着镜子梳头，一边想，"天不冷，也不热。"

　　她认真地扎上小辫，拿上书包，向动物园走去。爸爸先去动物园了，金到的时候，看到他正站在企鹅馆前和动物园经理**高兴**地说着话。经理和瑞尔一样，是个令人讨厌的家伙。他说："看来阿肯没法再忍受一个冬天了，它的羽毛越来越少，冰凉的水和寒冷的天气，它都无法忍受。"

金听见后，想为阿肯说些什么。看到女儿焦急的表情，爸爸笑了。

"这只企鹅天生就怕水，宝贝。虽然不能用科学准确地解释，但如果它出生在南极的话，估计早就死掉了。"爸爸补充道，"我绝不是**吓唬**你。"

"你们可以为它建一个小的水池啊，里面放上温水。"金建议道。

"嗯……你再说一遍？"动物园经理有点儿不友善地打断她。

金看了一眼阿肯，它正站在水池边上，满怀希望地看着她。爱丽丝带着刚出壳的企鹅宝宝，还有瑞尔，

以及其他企鹅都站在它旁边。

"那么，你的想法呢？"动物园经理问金的爸爸。

"我觉得把它送到另外一个动物园会好些。在南欧，即使是冬天，天气也很**温暖**，夏天的时间是我们这儿的三倍。"

"但是，这里才是它的家！"金生气地打断道，"离开家人们，阿肯会悲伤地死去的！"

爸爸瞪了一眼女儿说："没人问你的意见。"

"那就这么决定了。"动物园经理说。看他

的样子就知道，他想马上把阿肯弄走。

　　"那我就开始联系南欧的动物园了。"爸爸回答。

　　"不行！"金绝望地大哭起来。

　　阿肯看着眼前这一幕，忍不住浑身**发抖**。它虽然听不见这些人在说什么，但是看到女孩儿的样子，它知道大事不妙。

　　肯定有什么不好的事情要发生，而且，是关于它的。

　　"别哭了！"爸爸对金说，"你怎么回事？

真给我丢人！"

　　金把书包放在地上，慌乱地拉开拉锁。

　　"爸爸，我还有一个解决办法！"她激动地说，小脸涨得**通红**，"也许我们不需要把阿肯送走，拜托让我试试吧。"

8

勇敢的阿肯

阿肯看见金走过来，还对自己眨了一下眼睛，她紧紧地抱着一样东西，脸上露出了**微笑**。

"跳到水里去！"她小声说，"我们来做个试验。"

阿肯有点儿犹豫，早上，它刚在风中把羽毛吹干，难道又要弄湿？

　　"拜托了！"金还在坚持，"不要让他们把你送走，我不想失去你。"她蹲在阿肯前面，焦急地看着它。

　　"游过去，再游回来，没事的，我在这儿等着你。"

　　阿肯不想让女孩儿失望，但那种湿漉漉的感觉真是不好受。"跳进**冰冷**的水中，返回，发抖，冷……真的要那样做吗？"阿肯自言自语。

"你说什么呢？！"爱丽丝打断了它，严肃地走过来。

　　"爱丽丝！你的蛋呢？"

　　"很安全！"爱丽丝指着瑞尔说。阿肯仔细一看，发现蛋还紧紧地夹在爱丽丝的双脚之间。

　　"瑞尔是爸爸，今天应该由它**负责**孵蛋！我一会儿就去把蛋交给他。而现在，你需要我。"

"我不知道该怎么办……"

"相信我。"

"我会让大家**失望**的。"

"但至少你试过！金不想你被送走，我更不想，我们现在能做的就是尽可能帮你……"

"我也不想离开，"阿肯叹了口气，感觉喉咙发紧，"这里是我的家，你们都是我的亲人。"

"既然这样，你就要争取留下来，像你的朋友那样努力。"

"但是……"阿肯还是很担心。

　　突然，爱丽丝从后面推了阿肯一下，它像石头一样，很快就沉入了水里。

　　现在，阿肯就在水里，它使劲加速，集中精力向前游！四周一片**寂静**，所有的动物都一动不动地看着。人们也停止了交谈，开始朝水池这边走过来。

　　金紧紧地抓着小辫儿，安静地看着。阿肯转过身，开始朝着金的方向游，当嘴巴碰到水池边的时候，它赶紧从水里跳了出来。它浑身僵硬，感觉都快结冰了。但情况并没有更加糟糕，金马上用一块温暖的东西包住了它，轻轻地擦拭着。

　　它的羽毛很快干了，不但没再觉得冷，反而觉得很**舒服**。

　　"看到了吧，爸爸？"金解释说，"只要用毛巾把羽毛擦干，它就不会感到冷了！"她把阿

肯紧紧抱在怀里，说：“小家伙，准备好再游一圈了吗？”

她眨了眨眼睛，让阿肯再次滑进水中。和之前一样，当它游完上来的时候，金已经拿着毛巾在等它了，眼睛里散发着幸福明亮的**光芒**。

“有了这个方法，你想游到哪都行，天气好坏都不会影响你！我想到这个方法，是因为我每次去海边都感觉特别冷，和你的情况是一样的。”她一边仔细地给阿肯擦拭，一边调皮地笑着，“我爸爸总说，我要是再这样怕冷，就把我送回家！”

“每次弄湿后，都像这样擦干，阿肯就不会难受了。”金对爸爸建议道，想用这种方法把阿肯留下。

而阿肯确实感觉很舒服，它甚至知道了，为什么自己的同伴总喜欢待在水里。

"爸爸，您还会把它送走吗？"金问爸爸。

爸爸半天没有说话。

"实际上……"

　　"我们可以试试……"动物园经理勉强地说，"不过，每天只能擦两次。"

　　"现在可以把**金属环**拿下来了吗？它不喜欢，而且也不需要了。"金说。

　　"我觉得可以。"爸爸同意了。

　　"太好了！"女孩儿开心地说，脸上泛着光，"快看！蛋壳破了！"

　　不远处，瑞尔的身边，一只湿漉漉、浑身颤抖的小东西从壳里爬了出来，大家都惊讶地看着。

爱丽丝赶紧飞奔过去，阿肯、金还有她的爸爸跟在后面。

"它和你长得真像！"爱丽丝轻声对阿肯说。这时，那个小家伙正躲在妈妈的身旁不知所措。

"还是不要像我吧！"阿肯自言自语道。它把头埋在羽毛里，轻松地叹了口气，说："幸好这个小家伙不会受到寒冷的困扰，不会被同伴嘲笑，不会独自一人待在洞里。"

小企鹅摇摇摆摆地向前迈了两步，身体贴在舅舅阿肯的身上。

小家伙很信任它！

"既然小家伙这么勇敢，就让我来陪它练习游泳吧。"阿肯开心地说，一股暖流贯穿全身。

阿肯用嘴轻啄着它，很快就帮它站了起来。

小家伙心想：这自豪又有点儿邋遢的企鹅，是我的舅舅。

阿肯笑笑，对小家伙说："准备好了吗？来一次水池中的**冒险**吧！"

企鹅阿肯的现状

现在，阿肯不再害怕游泳，它每天会下水两次。动物园还会随机抽取两名游客帮它擦拭羽毛。大家都非常喜欢阿肯。